Une vie en balade

Patricia D'Henry

Une vie en balade

Recueil

LE LYS BLEU
ÉDITIONS

ISBN : 979-10-377-3110-4

Les amazones

Les femmes de mon quartier
m'ont inspiré ce doux sobriquet,
Femmes libérées et sans douces moitiés,
Veuves divorcées ou célibataires délaissées.

Que ce soit par choix ou bien par destinée,
Elles passent leur vie sans personne à leurs côtés.
Pas évident de se sentir considérées,
Dans ce monde où tout va par paires associées.

Ce sont de dures guerrières, car rien de leur est donné,
Pas de cadeaux de la vie pas de peine aménagée,
Il leur faut faire face à toutes les contrariétés,
Sans avoir d'âme sœur à qui se raccrocher.

Mais entre elles, mon Dieu, quelle belle complicité,
Oubliées les querelles, jalousies et adversités.
Lorsque l'une d'entre elles vacille et semble tomber,
Il y a toujours une voisine-copine pour l'épauler.

Elles habitent un village jadis très renommé,
Les hommes sont partis au propre comme au figuré,
Leurs âmes sont en paix et leurs noms bien portés,
Les déserteurs eux très vite oubliés

Amour

Hier, je t'aimais,
Mais ça, c'est du passé.
Aujourd'hui, tout est fini
Tu n'es plus dans ma vie.
Demain, tout ira bien,
Je te ferais un câlin.
Tu es l'amour qui vient et qui va,
Présent partout mais bien caché parfois,
Invisible toile qui cherche sa proie,
Tout le monde y plonge et beaucoup s'y noient.
De la crèche au cercueil, tu gères nos destins,
Un caprice de toi et on n'y comprend plus rien.
Voleur, gamin, fou rien ne te fait peur,
Tu lances au hasard tes éclats de bonheur.
Quand tu tournes le dos cruel et capricieux,
Le monde plonge dans un hiver noir et frileux.
Mais tu ne pars jamais pour longtemps,
Te voici de retour, tiens c'est le printemps

Désir

Toi qui quémandais un amour éperdu,
Te voilà possédé par une brune ingénue.

Par un parfum sucré semé par la passante,
Dont la robe légère s'envole, affriolante.

Ce simple touche-touche t'a électrisé,
Un regard qui s'offre et se reprend après.

La belle trotteuse a malgré elle aiguisé,
Un désir qui te hante et te laisse essoufflé.

Oseras-tu la suivre, pourras-tu lui causer,
De l'émoi qui te vient lorsqu'elle apparaît ?

L'aimer

Aller vers lui,
Ne plus penser ne plus chercher,
L'embrasser,
Pour oublier toute la journée,
Se blottir dans ses bras,
Non ce n'est pas parce que j'ai froid,
Le retrouver,
Par pur plaisir, le regarder,
Et puis l'aimer,
Tout simplement parce que c'est lui,
Qu'on a choisi,
Pour être deux pour un instant, pour une vie,
Se réveiller,
Tout près de lui sur l'oreiller,
Et puis l'aimer, l'aimer, l'aimer, l'aimer

Penser à toi

Et penser à toi,
Encore encore et encore.
Et être dans tes bras,
Pour que tu me parles tout bas.

Et rêver de toi,
Encore encore et encore,
Et me réveiller près de toi.
Pour que tu viennes tout contre moi.

Et vivre près de toi mon amour,
Encore encore et encore,
Et t'aimer plus fort chaque jour,
Pour que tu sois à moi pour toujours.

Matins

À peine le jour eu pointé son nez,
Que mon amour voulu me bizouiller.
Et moi, rêveuse comme évaporée,
Lui tendis mon minois pas réveillé.

Pas démonté il se mit alors à rigoler.
Ma douce dit-il je ne suis pas intéressé,
Par seulement te bécoter le bout du nez !
Je préfère plonger dans ton décolleté !

Et c'est ainsi qu'après avoir parlementé,
Nous fîmes donc l'amour sur l'oreiller.
Ah ces petits matins finement occupés,
Lorsque le jour pointe juste son nez.

Poème pour un mariage

Tout d'abord, comme le veut la tradition :

FÉLICITATIONS !

Après… Comme l'a dit Aragon :

« Aimer à perdre la raison »

C'est une phrase qui fait rêver…
Alors, qu'elle devienne votre réalité.
Car pour rendre la vie plus belle chaque jour,
Il n'y a guère que l'amour.

« Aimer à n'en savoir que dire »

Effectivement que rajouter ? Sinon soyez heureux,
Profitez de chaque moment de bonheur,
Gentiment offert par la vie pour adoucir les cœurs.
Et comme…

« Le poète a toujours raison »

Il ne vous reste plus qu'à mettre en pratique,
Sa douce théorie qui rend l'instant magique.
Quant à la suite de la chanson, c'est à vous de l'écrire,
Chaque jour ensemble, tournés vers l'avenir.

Un rayon de soleil

Un rayon de soleil a vu le jour,
Ce matin dans notre île d'amour,
Il a reçu comme prénom,
Zeus, Aphrodite et bien sûr Cupidon.

Près de toi, je l'ai vu s'éveiller,
Dans ta douce toison dorée,
Puis dans tes yeux, il a plongé,
Pour en ressortir en amour adoré.

Dans le matin endimanché,
Il a été tendrement baptisé,
Et désireux de vouloir s'agrandir,
Il s'est laissé porter par ton désir.

Un rayon de soleil a vu le jour,
C'est une grande fête d'amour,
Je suis heureuse là, blottie contre toi,
Et demain, ça recommencera.

Plaisir d'amour

Ne dure qu'un instant,
Nous n'avons pas beaucoup de temps.
Deux heures prises à la volée,
Pour s'aimer dans ce lit que j'ai réservé.

Tout à l'heure, tu seras loin,
Plus à moi déjà, jusqu'à jeudi prochain.
Notre amour est celui des amants cachés,
Pas de mots, ni d'appels, mais des cris étouffés.

Vous qui criez que ce n'est pas loyal,
Vous qui jugez notre couple illégal,
Lisez ce qui suit et taisez vos critiques,
La vie nous joue des tours imprévus et magiques.

L'adultère est une île au milieu de la vie,
Perdue dans l'océan d'un amour interdit.
Rien ne permet de prédire qui va s'échouer,
Sur ses plages cachées où le temps peut s'arrêter.

Ta fête

Aujourd'hui, c'est ta fête,
Profitons-en,
Je voulais t'offrir un beau présent,
Je n'en ai pas eu le temps.
J'ai préparé un gâteau,
Hélas, le four était trop chaud.
J'ai pensé t'inviter au resto,
Mais je ne suis pas sorti assez tôt du boulot.
Alors j'ai cherché toute la journée,
Un cadeau à offrir à mon amour adoré.
Je n'ai rien trouvé.
Je n'ai plus qu'à passer mes bras autour de ton cou,
Et à te dire mes plus jolis mots doux,
Assortis d'un gros bisou.

Je t'aime

L'amour vient et va

J'aurais voulu te forcer à m'aimer,
Ouvrir ta bouche de mes baisers,
Mais l'amour vient et l'amour va,
Et on ne force pas cet amour-là.

J'aurais voulu te retenir à mes côtés,
Lier tes mains autour de mes poignées,
Mais l'amour vient et l'amour va,
Et on ne retient pas cet amour-là.

J'aurais voulu mais je n'aurais pas,
Une belle aventure avec toi.
Alors si l'amour vient et s'en va,
Le temps d'une danse, restons-en là.

Gare à vous jeunesse

Me voilà, seule et désemparée,
Mon amour oublié ne cesse de me torturer,
Dans mon élan de vivre j'ai laissé s'en aller,
Mon âme sœur qui jamais ne s'est représentée.

Qu'ai-je fait aux Dieux pour être ainsi tourmentée ?
Tel Ulysse revenant de guerre je cherche sans arrêt,
Mon île où peut-être un jour je retrouverais,
Celui qui a pris ma raison en un seul baiser.

Gare à vous, jeunesses, qui batifolez,
Car votre cœur un jour pourrait s'attacher,
Malgré lui pour toujours, on ne sait jamais,
À un cœur qui passe, un moment sans s'attarder.

Un ange passe

Un ange passe,
Désir fugace,

Dans son sillage,
Un blanc mirage.
Presque une odeur,
D'accroche-cœur,

Pour le revoir,
Dans ton miroir,
Tu traques une ombre,
Et tu succombes.

Au doux péché,
Tu te laisses tenter.

Mémoire d'amour

Ma mémoire s'en souvient, on s'est rencontré,
En Automne, un soir, puis le temps s'est écoulé,
Et voilà qu'aujourd'hui tu reviens me livrer,
La folie d'un jeune amour perdu et retrouvé.

La légende dit « Ardéchois cœur fidèle »,
C'était tentant l'occasion était trop belle,
Le hasard des rencontres étant un peu forcé,
Après tant d'années, me revoilà dans tes pensées.

Mais tu as fait ta vie, moi aussi, j'ai changé, toi aussi,
La vie est ainsi faite, chacun de son côté,
Et pourtant nous voici enfin réunis,
Cinq à sept planifié moment de bonheur partagé.

Dans un coin d'Aubenas, un jour j'ai compris,
Que l'Amour sait attendre et jouer avec nos vies.
Pour ceux qui veulent bien l'espace d'un moment,
Oublier ce qui les entoure et défier le temps.

Dix ans

Dix ans mon Dieu, quel écart d'âge !
N'est-ce pas trop pour un beau mariage ?
Et après ! qu'importe ce qu'en disent les gens,
Moi je t'aime tant et pour pas mal de temps.
Dix ans, et puis zut ! pourquoi pas…
Se lancer dans la belle aventure avec toi.
Envers et contre tout et surtout pour l'amour,
Et la vie à partager avec toi pour toujours.
À tous ceux qui trouvent fou le pari annoncé,
À tous ceux qui disent que cela ne va pas durer,
Je déclare qu'une femme a le droit d'aimer,
Celui que son âme choisi, même si elle est son aînée.

Jour de pluie

Jour de blues et de parapluie,
Jour de toi et de nostalgie,
Jour mouillé pour la journée,
Jour à vouloir te retrouver.

Te retrouver pour te garder,
En ce jour triste et trempé,
Ne serait-ce que pour dîner,
Tendrement tous les deux rapprochés.

Jour de pluie, sale temps,
Jour de larmes qui coulent subitement,
C’est plus fort que moi, je n’y arrive pas,
Qu’importe le vent, moi je pense à toi.

Regrets

Cachée au fond d'une forêt,
Une fois le printemps achevé,
J'ai vu au cœur de l'automne un jour,
Resurgir mon amour,

Mirage du passé ou rêve éveillé,
J'ai replongé.
Que c'est bon de te retrouver,
Et de continuer l'histoire inachevée.

Avec une chanson comme bruit de fond,
J'ai 20 ans à nouveau, je retrouve ma passion,
Ma vie d'avant, mes amis, mes parents,
Je choisis l'amour, l'Ardèche pour toujours.

Mais, ce n'est qu'une idée sortie de ma folie,
Rejouer ma vie avec le savoir d'aujourd'hui,
Impossible, je reste avec mes regrets,
De ne pas avoir su te garder à jamais.

Rencontre avec un cœur

Un jour en balade ou en liberté,
Avide de paix et de sérénité.
J'ai trouvé comme ça posé sur le sentier,
Un cœur gros comme un roc, solide et buriné.

Il me dit ce bon cœur, qu'il est né il y a tant d'années,
Dans un pays de rivières, de fleuves et de volcans,
Et qu'il avait croisé toutes sortes de gens,
Qui prenaient tout leur temps pour venir lui causer.

Il me dit qu'après mûre réflexion,
Ces gens-là, pour autant, avaient peut-être raison.
Car pourquoi se hâter ? Une fois la porte passée,
D'après ce cœur planté là depuis tant d'années,
Foi d'Ardéchois, personne ne revient jamais.

Le retard du printemps

Poètes, vous êtes-vous posé la question,
Pourquoi cette année Printemps fait des façons ?
Eh bien voilà, je vais vous donner la raison,
De ce temps d'hiver qui s'abat sur nos maisons,

Dans sa venue vers nous Printemps a rencontré,
Sa Majesté Hiver, impérial et glacé.
Le souverain fou d'amour pour son invité,
À force de baisers l'a gardé prisonnier.

Inquiets les Saints de Glace se sont concertés,
Mamert, Pancrace et aussi Barnabé,
Ont prié sieur Hiver de ne plus perturber,
L'ordre des saisons, pour un amour insensé.

Hiver désespéré a fini par tempérer,
Et c'est tourné vers Automne libre et en beauté.
Revoilà donc Printemps il est bien annoncé,
Plein de fleurs, d'ardeur et poètes inspirés.

Le printemps des poètes

Béni soit le poète car il est inspiré,
Par des muses coquines qui le font divaguer.
Elles lui soufflent en douce des rimes enflammées.
Pour qu'il ait dans son cœur du rêve à nous livrer.

Et juste après l'hiver comme délivrées,
Les muses s'amusent à bien le taquiner.
Son esprit bat la chamade, son âme est transportée.
Sa plume valse et tourne puis revient apaisée.

Dans sa tête un orchestre, aux mille envolées,
Joue un bel allégro puissant et passionné.
La nature elle aussi se remet à espérer.
Le printemps du poète, c'est l'ardeur retrouvée.

Solstice

C’est un moment magique, un instant privilégié,
Un perpétuel rendez-vous avec l’humanité,
Tant apprécié jadis par les druides initiés,
Une demi-année vient de s’écouler.

Après des mois passés à se hisser doucement,
Le soleil au zénith se montre pleinement.
Hardi vous tous venez fêter l’évènement !
Voici enfin l’été, voici le nouveau temps !

C’est une fête solaire qui éclate en chantant,
Un hymne à la vie, à la joie et au temps.
Médusé homo sapiens comprend subitement,
Qu’il n’est qu’un simple pion dans cet alignement.

L'été

Au muscat pétillant qui coule dans nos verres,
Aux feux du st jean allumés sur nos terres,
Aux voisins célébrés pour une année entière,
À l'amour devenu roi même s'il est éphémère.

À la musique qui donne le ton de la belle saison,
Aux balades légères et au bel accordéon,
À ce jour magnifique car il est le plus long,
Au 14 juillet avec pompiers et moult flonflons.

À tout cela amis trinquons !

Tchin !

À l'été

Sur la plage abandonnée

C'est un matin d'été où tout peut arriver,
Comme une nouvelle page une autre journée.
Tout est à écrire tout est à dessiner.
Sur la plage déserte fraîche et reposée.

C'est un matin d'été où le temps peut s'arrêter.
Quand la mer douce et calme tarde à se réveiller.
Tout est possible tout peut se réaliser.
Sur la plage déserte, faites un vœu et marchez.

C'est un matin d'été qui nous invite à voyager.
Partir sur ce bateau posé en Méditerranée,
Tout horizon est à portée de destinée.
Sur la plage déserte nous voici embarqués.

La fin des vacances

L’été fait ses bagages, il est pressé cette année !
Les vacances sont donc finies, il faut se séparer.
Cousins, cousines, famille qu’on avait retrouvée.
Au son de l’apéro ou balades partagées,
Tous réunis chez mamy une pleine tablée !
Souvenirs de vacances vous allez me manquer.

Octobre rose

Il est ravi ce mois d'octobre.

Lui d'ordinaire si morose
Est enchanté d'être associé
Pour un mois tout entier
À une si noble cause.

Il est ravi ce mois d'octobre.

Il va permettre c'est certain
De soigner quelques crabes malsains
Hardi les filles, on vous soutient
Un petit cliché pour voir si tout va bien.

Mon Ardèche

Mon Ardèche se découvre au détour d'un chemin,
Clair-obscur d'un sous-bois découvert au matin,
À la recherche de cèpes, framboises et myrtilles,
Au printemps, dans les prés au milieu des jonquilles.
Vents et eaux se mêlent et se séparent enfin.

Mon Ardèche court le long de la rivière,
Qui descend en courant du haut du cher plateau,
Là où bat mon cœur, près des grands oiseaux.
Puis lorsque survint la vallée, apaisée,
Mon Ardèche coquette, se laisse courtisée.

Mon Ardèche c'est ce village maintenant déserté,
Où les gens s'arrêtent par la gourmandise attirés.
C'est ce ciel étoilé, nulle part égalé ;
Et lorsque revient un printemps bien mérité,
Dans les prés et les champs, c'est l'odeur des genêts.

Automne ardéchois

L'automne est ma saison préférée,
Celle des balades des ceps et des randonnées,
C'est en automne que me viennent des rimes variées,
C'est aussi le moment où je t'ai rencontré.
Et pourtant.

C'est en automne où l'on a trouvé,
Mon père mort seul dans la forêt,
Et c'est en automne aussi que se sont déroulés,
Les épisodes cévenols, où l'Ardèche a débordé.
Mais…

J'aime cette saison,
Jonction suprême charnière rouillée,
Moment d'ivresse devant la vallée,
Qui s'illumine le temps d'une chanson.

Chanson qui court sur toutes les lèvres,
Des Ardéchois réputés aux cœurs si fidèles.
Hommage à la montagne il est vrai si belle,
Juste après l'été lorsque partent les hirondelles.

Poème pour maman

Bon Anniversaire,
Un peu décalé, mais le cœur y est,
Car c'est cet hiver au mois de janvier,
Que tu as coiffée tes 80 années.
Alors dès les premiers pas du beau temps,
Nous sommes venus célébrer l'évènement.

N'en déplaise au temps qui passe doucement
Tu gardes dans le cœur la jeunesse de tes 20 ans,
Est-ce le dessin, le tarot ou le scrabble ?
Qui te garde l'esprit frais et agréable.
Et sur ton visage juste effleuré par les années,
Le temps hésite, doute et dépose vite fait,
Quelques petites vagues vite oubliées.

En guise de conclusion,
Ce moment de fête est aussi l'occasion
De te montrer notre amour et notre affection
Nous sommes tous ravis d'être là,
Profite de ta journée, Maman, aujourd'hui la reine
c'est toi.

Maudite vieillesse

« Ah mon Dieu, ma fille, quel désespoir
De vieillir comme ça, je ne peux y croire ! »

Ma mère tout doucement à petits pas.
Fait dignement une balade avec moi.
Une balade ? Ironie et bien grand mot
Tout simplement le tour de son hameau.

Venue lui tenir compagnie une matinée.
Je touche du doigt l'outrage des années.
Qu'est devenue la belle dame du passé ?
Grande, forte, éternellement bien coiffée.

Et voilà ma mère, quarante ans après.
Courbée, bossue, toussante et fatiguée,
Maudite vieillesse, tu ne l'as pas épargnée.
Moi je vois en cette dame seule et âgée,
La maman qui a élevé et a chéri sa couvée
Et tout doucement, la balade se finit,
Demain, je reviendrai, à demain, maman chérie.

Mon frère

Je me souviens du jour où on a fait connaissance,
C'était bien évidemment le jour de ta naissance.
Certes ce jour-là je n'étais pas très fière,
J'allais devoir apprendre à partager père et mère.

Passe le temps je me suis prise à aimer,
Ce compagnon que la destinée m'avait donné.
Malgré les chemins séparés où nous avons flâné,
L'autoroute de la vie se charge de nous rassembler.

Entre nous pour nous unir pas de ressemblance,
Simplement quelques bons souvenirs d'enfance.
Mais pour celui qui s'en donne la peine,
C'est le même sang qui coule dans nos veines.

Nos histoires ne sont jamais écrites d'avance,
Je pars tu te maries enfin une sœur quelle chance !
Tu es ma famille tu es mon lien,
Bientôt, on se retrouve mon frère je reviens.

L’enfant aux cheveux longs

Qui est-il cet énergumène qui déambule,
Les cheveux longs sans aucun scrupule,
Rangers, clous, chaînes et blouson noir,
Il se dit « Metalleux » et ne sort que le soir.

Dans la rue, les gens se retournent, quelle jeunesse !
Avec lui, le quotidien rime avec paresse,
Et pourtant cet enfant, qui choque le bien pensé,
C’est un artiste, bassiste, et poète en anglais.

Pas facile à vivre, il a 18 printemps,
Plein d’arrogance il crâne et pleure en même temps,
C’est mon fils mon adoré mon premier né,
Avec lui, rien est donné mais je l’aime à tout jamais.

La photo

Il y a longtemps, je ne sais plus pourquoi,
Il a quitté père et mère l'Ardéchois.
Sur le plateau, là-haut, il est monté,
Il a choisi de devenir cordonnier.

Lorsque ce « rayol » fut bien installé,
Au hameau de « Tres pis », il s'est marié.
Cinq ou six enfants sont arrivés,
Mon arrière-grand-père fut le premier.

J'ai trouvé la photo au grenier en fouillant,
Du cordonnier entouré de femme et enfants.
Pris devant sa maison, il y a plus de 100 ans,
C'était pendant la guerre, on ne sait pas quand.

J'ai brossé la photo, puis je l'ai accrochée.
Aux murs de ma maison, elle va rester.
C'était un cordonnier d'un village d'avant,
Il était une fois, en Ardèche, il y a longtemps.

Virus

En pleine sieste de post-déconfinement
Je vis monter un son plutôt troublant
C'est cela revoilà donc un tas de braves gens
Venus montrer leur grogne à tout gouvernement.

Adieu la peur à l'abri derrière nos masques,
Alors que nos restos écartent les tables des terrasses.
C'est pour la bonne cause, pour nos soignants,
Il faut lui montrer que nous sommes vivants.

Nos belles fêtes d'été sont toutes annulées,
Au lieu de guincher, allez donc manifester !
Corona par si, Corona par-là, là, là,
N'oublions pas que le virus est toujours là.

Souvenez-vous

Souvenez-vous d'il y a longtemps,
C'était bien avant le confinement.
Tout était permis on allait librement ;
C'était le temps des bises et des accolades,
Du verre partagé entre bons camarades.

Si vous voulez vite retrouver vos copains,
Si vous ne voulez plus craindre pour nos anciens.
Si vous souhaitez soutenir infirmières et médecins,
Les amis lisez, brodez, zappez si cela vous convient,
Mais pitié, restez chez vous, nos vies le valent bien !

Les amoureux masques

Tombe ton masque et on ira,
Main dans la main au cinéma.
Pour une fois, on oubliera,
Tout ce qui n'est pas toi et moi.

On pourrait même si on y croit,
Aller marcher sur le sable froid,
Se retrouver comme autrefois,
Se sentir jeunes pourquoi pas.

Mais surtout, ne change pas,
Cette vie que l'on a toi et moi,
Au petit matin, on reviendra,
Amoureux comme la première fois.

Message du printemps

Le printemps est là, caché derrière le bois,
Lui aussi hésite et n'en revient pas,
Il n'a jamais vu les hommes dans cet état-là.
Peut-il montrer son nez sans risquer le trépas ?
À petits pas, il tente un geste, bravant le froid.
Puis s'en retourne cacher son trouble et son émoi.
Alors, de son exil là-bas au fond du bois,
Printemps dit aux hommes « Écoutez-moi
Je ne vous laisse pas, ayez confiance en moi,
Il fait trop froid, ce n'est pas possible on ne peut pas !
Méfiez-vous, restez chez vous et puis viendra
Un temps meilleur pour promener sans désarroi ».

Résilience

Renaître de nos cendres sera notre crédo,
Enraciner notre force au milieu du chaos.
Sortir d'une bataille sans aucune amertume.
Inviter le bonheur sans aucune rancune.
La fleur inespérée qui surgit tout à coup.
Incarne l'espoir qui revient malgré tout.
Entre quatre pierres et quelques cailloux.
Notre vie s'accroche presque malgré nous.
Contre toute attente bien souvent,
Espoir et vie subsistent heureusement.

Partir

Sur cette route un beau matin,
C'est un appel presque un besoin.
Faire une étape et retrouver,
Une table et un gîte partagés.

Le jour se lève, il faut y aller,
Une autre marche pour arriver.
Comme un défi à se lancer,
Sur ce chemin de vérité.

Pas après, pas après l'ondée,
Voir notre but se rapprocher.
Nos corps fourbus d'avoir marché,
Vont enfin pouvoir souffler.

L'année prochaine, c'est certain,
Nous continuerons ce grand chemin.
Partir encore, aller plus loin,
Se retrouver soi-même enfin.

Parenthèse

C'est une halte un peu forcée dans la vie,
Un moment de calme posé à la demie.
Devant moi, demain, l'éternel indéfini,
Et derrière, hier étonné d'être déjà fini.

Pas encore vieille à faire craquer mais…
Plus tout à fait jeune à faire rêver.
Dans quelques années pourtant je le sais,
Je repartirais enfin libre et apaisée.

C'est un âge parenthèse idéal pour méditer,
Faire les choix refusés il y a maintes années.
Pour décider enfin de ce qui me convient,
Sans attendre de l'autre un quelconque soutien.

Me voilà parvenue à la croisée des chemins,
J'ai jeté loin de moi les carcans anciens,
J'avance vers mon destin, il n'est jamais loin,
L'automne de ma vie entonne un gai refrain.

Relaxation

Pour une bonne invite à la relaxation,
Se laisser aller sans aucune prétention.
Libérée notre âme vaquera sans appréhension,
Dans ce corps abandonné là sans position.

Puis peu à peu, elle prendra possession,
De chaque pièce attenante de cette belle maison,
Allumant çà et là de nouveaux horizons,
Brillante de mille feux sur nos vieux paillassons.

Alors, à reculons et après bien des concessions,
Notre âme consent à retrouver la raison.
Nous voici à nouveau contraints à l'action,
Sereins et libérés de toute contradiction.

La musique

La musique,
Joue dans ma tête à l'infini,
Un air de blues qui me ravit,
Vague bleue où tout est permis.

Cette musique au fond de moi,
C'est mon cœur qui me l'envoie,
Pour accompagner mes souvenirs,
Son et image, que du plaisir…

Lorsque je pars dans mon passé,
Je m'attache à ses tubes oubliés,
Pour planer sur mon nuage,
Et revenir un peu plus sage.

La danseuse

Assise sur elle-même, on la croirait prostrée,
Elle attend le moment qui va la délivrer.
Aux premiers accords, la voilà aux aguets,
Elle effleure la piste de son pied ganté.

Les yeux fermés, bras relevés, pointes tirées,
Tout en elle vibre pour la musique sacrée,
Son corps s'enroule tourne puis semble s'envoler,
Maintenu par le fil d'un cocon argenté.

De ce cocon de soie et de dentelle nacrée,
La belle chrysalide décide enfin de se libérer.
Mais la musique s'achève dans un tempo léger,
Et la danseuse étoile retombe dans un grand jeté.

Une poésie

Une poésie c'est…
Tout d'abord un peu de fantaisie,
Une fenêtre ouverte pour éviter l'ennui,
Un regard posé là au cœur de ma vie,
Un souvenir fou qui se refuse à l'oubli.

Une poésie c'est…
Une liberté que la parole se refuse à donner.
Et par le miracle des mots à nouveau retrouvés,
À tâtons, par à-coups puis soudain déliés,
Ma plume libère mon âme de ses pensées.

Les mots

Qu'ils soient croisés, fléchés,
Gros bleus ou cachés,
Les mots nous permettent de nous évader,
Un peu plus loin que nos réalités.

Les petits doux sont destinés,
À être tendrement glissés sous l'oreiller.
Devenus grands ils sont voués,
Aux mots d'amour pour dulcinée.

Quand dans les livres ils sont posés,
Nos esprits grâce à eux peuvent s'envoler,
Vers d'autres âmes mœurs et contrées,
Pour retomber ensuite ivres de liberté.

La danse des lunettes

Dès le matin, cela commence,
Et s'apparente à une danse.
De près, de loin elles sautillent,
À nous de suivre leurs quadrilles.

Un entrechat et hop c'est décidé,
Sur nos chignons, elles vont valser.
Puis se trémoussent sur nos nez,
Pour préparer le grand ballet.

Pour nous aider à mieux biser,
Elles s'éloignent en pas chassés.
Quand vient le temps du repos,
Elles nous quittent en un salto.

Bonne nuit

C’est la phrase magique,
C’est ce que murmure chaque maman,
Ce que susurre chaque amant,
Ce que chante chaque sentinelle,
Lorsque le soir tombe sur la citadelle.
Bonne nuit,
Que vos rêves vous emmènent,
Au pays des mille chimères,
Et demain, par Morphée inspirés,
Et vous posterez mille poèmes enflammés.

Au nom de la rose

Au nom de la Rose, mes chers amis,
Pas de cueillettes faciles aujourd'hui.
Au nom du Lilas, je vous saurai gré,
De nous laisser pousser à volonté.

Au nom du Jasmin voulez-vous cesser,
De glaner les fleurs que vous rencontrez.
Au nom de l'Ortie, il faut vous habituer,
À nous sentir de loin sans nous toucher.

Au nom des fleurs des prés et des jardins,
Ravies d'orner vos cours et vos chemins,
Nous ne voulons plus finir en bouquets,
En couronnes ou bien en fleurs séchées.

Les éoliennes

À qui veut écouter la musique des sages,
Doit se promener le soir autour de mon village.
Là dès que Morphée ensable les yeux fatigués,
Les grandes demoiselles se mettent à chanter.

Alors de tous côtés on voit s'allumer,
Des notes rouges inscrites sur d'invisibles portées.
Serait-ce une ode ancienne longtemps oubliée
Retrouvée par un elfe curieux et inspiré ?

C'est une chanson d'amour écrite par le vent,
Pour séduire la terre, un soir d'engouement,
Chanson porteuse d'espoir, comme un message,
À faire passer à tous pour un avenir sans nuage.

De chanteuses la nuit ces grandes fées,
Se transforment en danseuses durant la journée.
Gesticulant sans cesse comme pour nous alerter,
De l'urgence absolue de ne plus polluer.

Et un esprit taquin ne peut s'empêcher,
De les imaginer vêtues en dames échevelées.
Offertes à tous les vents, burles et giboulées,
Valsant sur nos collines en vue de les sauver.

De ces danses subtiles, vents et dames emmêlés,
Je ne sais par quel miracle fée électricité est née.
Nous l'aimons trop mais nous devons la préserver.
Il nous faut donc apprendre à moins l'utiliser.

La cathédrale

Elle est née d'une idée comme un trait de génie,
Fusé d'un esprit fantasque et aguerri.
Il en a fallu des essais des pierres et des suées,
Pour qu'un jour vers le ciel s'élève son clocher.

La voilà aujourd'hui fière et bien plantée,
Dans sa nef retentit un harmonium sacré,
On dirait qu'elle attend les prières des hommes,
Pour les porter vers Dieu afin qu'il les pardonne.

De loin, on aperçoit ses flèches et ses statues,
Guidant les pas pressés des pèlerins perdus.
Arrivés en son sein ils peuvent enfin souffler
Leurs âmes seront bénies par la Sainte Trinité.

À travers les siècles, elle résistera,
Aux guerres, aux hommes, au temps tels qu'ils soient,
Grande dame de pierres posée là ici-bas,
Messagère des hommes, pourvu qu'ils aient la foi.

Week-end

C'est un week-end d'enfer,
À faire tout de travers,
À tourner en rond toute la journée,
Et à ne plus savoir où passer.

Mais moi j'ai décidé,
Que ce serait un week-end ensoleillé,
À rester au lit avec toi,
Sous la couette, c'est un choix de roi.

Juste toi et moi pour une fois,
Pendant deux jours ou peut-être trois,
Oublier tout ce qui n'est pas nous,
Est-ce possible après tout ?

Et après ce week-end-là,
La vie reprendra ces droits.
Jusqu'à la prochaine fois,
Ou nous serons seuls toi et moi.

Passez un bon week-end

Un geste

Un geste, un simple sourire,
Un petit bonjour, ça va sans dire,
Ce sont des gestes du quotidien,
Qui peuvent faire beaucoup de bien.

Une journée triste et esseulée,
Peu devenir un peu plus gaie,
Il suffit parfois d'un petit rien,
Pour donner du sens à un chemin.

Prenons le temps de regarder,
Les gens qu'on croise sans y penser.
L'indifférence envers son voisin,
Ne sauvera pas le genre humain.

Café

Convivial même masqué, c'est une pause dans la journée,

Autour de lui, on se retrouve entre collègues pour papoter.

Flairant la bonne odeur… Tiens une visite improvisée,

Et un nouveau matin qui coule dans nos gobelets.

Un sourire

Comme un soleil timide en début de journée,
Une main tendue vers l'autre, esseulé,
Une envie d'inventer de nouvelles amitiés,
Un signe manifeste de bonne volonté.

Un sourire ne coûte rien à part de se risquer,
À baisser un instant les remparts érigés,
Entre nous et les autres, histoire de se protéger.
Pas grand-chose à perdre et beaucoup à gagner.

Le sourire du matin est un cadeau apprécié.

À la belle étoile

À la belle étoile,
Nous nous sommes baladés,
L'heure était fraîche et argentée,
La lune reine du soir resplendissait.

À la belle étoile,
Ta main a guidé notre virée,
Sur le chemin de la voie lactée,
Nous avons vu au loin la terre se lever.

À la belle étoile,
On a fait le tour de la galaxie,
À cloche cœur nous avons atterri,
La nuit s'envolait sur un nouveau lundi.

Coïncidences

C’est un instant où le présent,
Flirte avec le temps inopinément.

Un rendez-vous jamais donné,
Qui arrive à l’heure prédestinée.

Une main invisible semble croiser,
Les fils de notre vie à volonté.

C’est un clin d’œil coquin caché,
Venu narguer notre incrédulité.

Coucher de soleil

La nuit vient de s'annoncer, le soir est arrivé.
Pour eux, le ciel se pare et se met en beauté.
Au loin, on voit percer dans cette immensité,
Des perles de lumières posées sur les nuées.

Tous les soirs, on assiste à un spectacle improvisé,
L'horizon s'illumine tel un immense ballet,
Les nuages entrent en scène et se mettent à danser,
Même la lune se risque à quelques pas chassés.

Alors dans un moment de pleine sérénité,
Le Roi Doré s'avance sur la scène étoilée.
Comme un chant du cygne maintes fois répété,
Le soleil nous salue et s'incline pour nous remercier.

Merci pour cette belle journée.

Table des matières

Les amazones 7
Amour 9
Désir 11
L'aimer 13
Penser à toi 15
Matins 17
Poème pour un mariage 19
Un rayon de soleil 21
Plaisir d'amour 23
Ta fête 25
L’amour vient et va 27
Gare à vous jeunesse 29
Un ange passe 31
Mémoire d’amour 33
Dix ans 35
Jour de pluie 37
Regrets 39
Rencontre avec un cœur 41
Le retard du printemps 43

Le printemps des poètes 45
Solstice 47
L'été 49
Sur la plage abandonnée 51
La fin des vacances 53
Octobre rose 55
Mon Ardèche 57
Automne ardéchois 59
Poème pour maman 61
Maudite vieillesse 63
Mon frère 65
L'enfant aux cheveux longs 67
La photo 69
Virus 71
Souvenez-vous 73
Les amoureux masques 75
Message du printemps 77
Résilience 79
Partir 81
Parenthèse 83
Relaxation 85
La musique 87
La danseuse 89
Une poésie 91
Les mots 93
La danse des lunettes 95
Bonne nuit 97
Au nom de la rose 99
Les éoliennes 101

La cathédrale 103
Week-end 105
Un geste.. 107
Café 109
Un sourire... 111
A la belle étoile 113
Coïncidences 115
Coucher de soleil... 117

Imprimé en France
Achevé d'imprimer en mai 2021
Dépôt légal : mai 2021

Pour

Le Lys Bleu Éditions
83, Avenue d'Italie
75013 Paris